청어詩人選 157

살았기에
하늘을 본다

이대근 시집 ————

맑은 날이면 새가 되고 싶다
날갯짓 없이도 바람 따라 날 수 있는
새는 자유로워서 좋다

도서출판
청어

살았기에
하늘을 본다

　사회 초년생으로 20대의 젊은 시절 사회에 첫발을 내디뎠다. 요즘처럼 직장에 대한 절박함이나 뭘 좀 알고서가 아니고 그야말로 남들 따라 장에 갔었다.

　그로부터 거의 40년 가까이 회사생활을 별 탈 없이 영위했다. 많은 사람들은 열심히 그리고 최선을 다했다고들 하지만 나는 여기에서 이 말만은 하지 않고 싶다. 왠지 거슬려서다.

　많이도 걸었다. 그 길에 한때는 내적갈등과 죽도록 아퍼 했던 때도 있었고 한때는 살맛 나는 행복도 있었다. 또한 삶의 모순과 갈증도 진솔하게 풀어가면서 살기도 했다.

　"하나하나 모았다
　길을 가다가도 이삭처럼 줍고
　밥을 먹다가도
　혼자 있을 때도
　군중들 속에서도
　잠을 자다가도 이삭은 있었다

비 오는 날에도
눈 오는 날에도
꽃이 피는 봄에도
낙엽 지는 가을에도
바람 부는 날에도
사랑하는 사람에게도
떠나간 사람에게도
걷다가 쉬다가도
웃다가 울다가도
죽도록 아파서 가슴 다 뭉그러질 때도

글은 내게 친구처럼 머물러 줬다
먼발치서도 세상을 보고
어깨너머로도
침을 발라가며 연필로 썼다

아마 수십 자루의 연필이 희생됐을 거다
질곡이라 해도 된다
험준한 산도 있었고 폭풍우 같은 파도가 이는 바다도 건넜다

글은 많이 외로웠다
글이 많이 아팠다
수없는 글이 찢어지고
수없는 글이 닳아 없어져도
험한 길에 내버려 두지 않고 산 놈은 소중하게 담았다

하나하나 모았다
글이 이만큼 되었다
이제 자유를 준다"

    그래서 여기 모인 글은 어린애의 걸음걸이같이 부끄럽기 그지없는 부족함도 많다. 그래서 남들 흉내라고 봐도 된다. 진정 과일이 익기도 전에 따서 내어놓는 섣부른 첫 수확의 들뜬 농부의 심정 같기도 하다.

    정년이란 이정표에서 흔적들이 스스로 들고 일어나 버킷리스트에 올렸다. 유명하거나 인기를 바람도 아니고 그저 나 스스로의 작은 완성을 위해서, 오직 자신만을 바라본 데서 그동안 쑤셔 넣어두었던 하나하나를 모았다. 인생의 노상에서 마음으로 키운 것들은 나의 작은 위안이었고, 수고한 나의 무한의 칭찬이고 싶다.

    생각해 보면, 20대 이후 줄곧 좌우명이 정성과 최선이었다. 이제는 정성과 진솔함 그리고 여유이고 싶다.

    끝으로 고마움을 전하고 싶다. 사랑하는 나의 가족과 오랜 시간 함께한 동료들과 내 주변에 있었던 수많은 사람들에게 감사하고 싶다. 이 책을 내는 데 많은 도움과 용기를 주고 힘이 되어준 소중한 사람이 있다. 여기에 그 고마움을 진심으로 전한다.

이대근

차례

Ⅰ. 추억

Ⅱ. 중년

III . 여유

IV . 자유

V . 인생

I

추억

부단한 뜀박질
메마르지 못한 열정
짊어진 나그네였어
그래도
머물다 가다가
뒤돌아보는 습관이 다행이었다

산다는 것은

산다는 것은
누구나 잃어버린 의식 속에서
그냥 바쁘게 정해진 우리의 영역 속에서 허둥대는 것

산다는 것은
뜻하지 않게 오가는 길에 버티고 서서
죽어라 몸부림 치고 아우성치는 참으로 진솔한 의미

그럼에도
뚫어지라 지켜보는 시선들 속에 광대처럼 하고
피폐한 가을들녘에 우두커니 혼자 선 허수아비가 되면
누구나 흩뿌려진 낙엽들 외면한 체
모질게 소낙비 뿌리치는 그것을 우리는 즐기지 않던가

산다는 것은
그런 완성치 못한 아픔을 안고
서성이는 심오한 그림자들의 부단한 걸음걸이지 않던가

어린 왕자

조용한 미소 머금고
티 없이 잠든 모습에
서성이는 마음 전부 앗기우고 굳어버린 입맞춤

어린 왕자가 되어버린
꿈이 있는 젊음으로 봄을 노래하고
갈망하는 사랑 불태우다
맑은 눈빛에 죽어라 울음소리 인내하는 저만치 머문 사랑

소리 내어 부를 수 없는
가슴 열어 보일 수 없는
때늦은 아름다움이여!

긴 포옹의 슬픔 숨기고 미소로 만든
우리들의 역사로
언제까지나 머물 그대의 작은 초상

늦은 밤에야
그대의 따스한 입술이 머문 육신은
기다림 지쳐 잠든다

딸의 노래

먼 인생의 노상에서
벗을 만나서 웃고 울며 뛰고 걸으며
심오한 의미를 심을 때
신은 내게 행복과 아픔과 추억을 주었다

나의 사랑아!
내가 가장 기뻐하는 것은 너의 웃음
따스함과 평온함 안고 오는
너의 미소는 봄바람처럼
겨우내 언 가지 맨 끝 그 언저리에 맺힌
나의 모든 피로를 녹인다
그것은 네가 내게 주는 전부

저 하늘의 푸름과 땅의 모든 아름다움이 내게 있어도
사랑으로 이름 한 너는 나의 전부

때로는 나의 짓궂음은 네 웃음을 시샘하여
네게 울음을 주지만
그것은 나의 네게 주는 모든 것
사랑 그리고 그 마음이어라

너는 오고 있지만
나는 가고 있는 것
너는 나로 말미암았지만
내게 있지 않은 것

이제 인생은 나의 것이 아님을 안다
사랑아!

산골

뻐꾸기 정겹게 소리하고 산새 기쁨 더하는 산골
산자락에 일하는 아낙네들 서넛 보이고
아픈 추억을 밟으며 잰걸음 하던 나는
마침내 고요한 일상을 잃고 잠시 기웃거리다 존다

언제나처럼 버티고 선 사계절의 매듭같이
산 능선을 열두 번이나 오르내리는 메아리가
받아들이고 내어놓은 민낯이 부끄러워
수없는 시선들 외면하는 건
참 긴 여정에서 오는 지친 안도인가 싶다

세월이 가듯
내가 가듯
옷소매 부여잡은 사랑이 떠나가듯
세월의 뒤안길에 물끄러미 멈추어선 미련들만
여기저기 나무들 속에서 재잘거린다

그래도
얼음처럼 차갑던 얼굴로
따스함을 비비며 돌아서 오는 봄날에 나는
오직 서툰 사랑에 넋을 잃고 있다

작은 아이

멀리서부터
가냘픈 떨림으로
요란함 없이 다가오는
보조개 하나 있는 그 아이

끊임없이 푸름을 잇는 낙동의 추억들과
마음의 빈터에 가득 채워진 그리움으로
기억들 여밀어도
살포시 감추고 다가서는 순박한 그 아이

멜로 영화처럼 가슴에 다 메우고도 남을 여운
유행가처럼 흘러 흘러 흔적으로 남을
작은 아이

삶의 방정식

길 없는 길을 서너 걸음 가다가
가시덤불에 찔리고 찢긴 아픔이 있고

우연히도 꿈에 보이던 모습들
찾아 나선 곳마다
흔적처럼 아문 상처가 되어 버린 추억이 있고

삶은 한동안 기억되지 않다가도
고스란히 자리 잡은 실타래 위에 놓이고

되돌아보면 하얀 이슬같이 숨죽여서 더 아리고 지친
조용한 침묵을 파고드는 클레식의 한 음절보다도 더 진한 의미를
엮어낸다

아무리
인생이 우리들의 역사를 미분한대도
한울한울 풀어헤친 삶은 난해한 방정식이 된다

세월 Ⅰ

말없이
왔다가
갈 것을

어쩌면
열정에 불 지피다 말고
또 갈 것을

살아 있는 듯
잠시 머물다
그러다 사라져 갈 것을

넌지시
가는 세월에
시비를 툭툭 건다

수채화

한번은 묻히고 싶은 들꽃을 그리다가
또다시 동안을 띄우고
하늘을 날고 바다를 뛰노는 어린 동무를 그리면

가슴에 단 그리움으로 기다림에 흥분하고
전부가 원이 되고 선이 될 때
낙엽은 미리 드리누워 마치 영혼처럼 하고
조용히 내일을 기다리면
모든 것은 순간순간을 잇는 시간이 된다

한 점으로부터 다가오는 갈망의 손짓에 애가 탈 때
추억마저 기억 속에서 달음질치다
五色의 능신에서 목이 쉰다

굴곡의 길 머문 뭇 그림자들 서성이게 될 생명의 텃밭에
덧 없는 몸부림으로
끝없는 공간속에서 또다시 우주를 그린다

달과 별과 사랑

달
내게는 작은 사람
별
내게는 커다란 사람

달처럼
별처럼
하늘거리는 바람처럼
꿈이 되는 이야기들

밤마다 품고 만지다 녹아버린
한때는
내게 전부가 되었던
달과 별과 사랑

달
내게는 작은 사랑
별
내게는 커다란 사람

공간

세 평 남짓한 남으로 창을 두른 방
구깃구깃 흩어져 있는 종이 꾸러미들
덩그러니 태평처럼 자빠져 누운 이불들
그 속에서 세월은 고뇌의 숨소리 하나 내지 못하고

어느덧 만추의 계절 속으로 빠져버리고
언제까지나 칙칙한 작은 공간 속에서도
달음질쳐 가는 긴 이야기들 줍는 붉은 들녘처럼
세 평 남짓한 공간은 하루를 더한다

오직 젊음을 갈구하는 공간으로
한 번도 만족해하지 않으려던 그 정열처럼
야무진 소망을 이어가려는 적막의 공간에 만선의 돛에 꿈은 펄럭
이고
푸름의 절규는 외로움에 목을 축인다

인생은 서너 폭의 바닥 위에서 파닥이는 스산함처럼
붉은 눈시울 씻어 내리고
철저히 혼자가 되어버린 공간은 깊은 고요의 계절이 되고
심오한 인생이 되어 그려져 간다

하늘의 문을 열고 싶었다

하늘의 문을 열고 싶었다
언젠가부터 봄이 따뜻해서 좋았다
고향처럼 따스한 봄은 우두커니 다가와 아무런 말없이 기다리고
만 있었다

가슴은 얼어버린 체 떨고 있었다
녹아내리는 남극의 빙산처럼
세월의 뒤안길을 나는 어느새 미끄러져 내려간다

가을을 걷고 있는 쓸쓸한 바람으로
때로는 우수에 젖어 축 처진 대지의 모습으로
벌거벗은 마음의 외로움
그 느낌으로 산 계절이 야속하다

이제는 세월이다
가슴에 있는 그대로이기 보다는 빈 가슴 열정에 불 지펴
가을걷이로 봄 마중으로 여름의 열정으로 겨울의 냉정으로
한 발자국 한 발자국 나의 그림을 그려간다

추억

하늘에 빌어 하나가 되고
둘이 되어 우리는 하늘에 가득 마음을 부었다

지순한 순정 하늘처럼 열어
완연한 풍요로움 속에 감춰둔 평원의 외로움으로
나는 한아름의 아픔을 안았다

푸름을 빚은 구름 사이로 숨겨둔 외로움
끝내는 인내하지 못하고
한바탕 전쟁을 치른 듯이 우리는 끝내 사랑을 지워간다

하늘 아래서 추억을 살라 태우고
세월의 등에 업혀 망각을 구걸한다

버들강아지

겨우내 하얀 속살 드러낸 벌거벗은 계절에 묻혀 살다
가만히 멈추어 서서
무딘 마음으로 긴 기억 더듬어 보면
참 고운이가 옆에 서 있다

그래도
가끔 바람소리 울릴 때면
그대인가 하는 설치는 가슴이 남아
아직 서성이는 추억을 수없이 뜯어낸다

계절을 타는 탓에
멀미가 나도록 생각나는 힘겹게 보낸 날들이 달아나고
따스한 날이면 부풀어 오르는 몽우리
마냥 즐거이 노래하는 개울물소리에 그만 졸고 있다

오랜 흔적들로 겨우 버티며
한 포기의 들꽃이기를 바라는 미련이 마치 살아있다는 증거가 되어
오롯이 숨소리 거칠지 않기를 바라는 버들강아지
봄바람에 바동거린다

벽소령

애써 마음을 비워 그나마 잠시 머물 희열을 담아내어도
빈 마음에 울리는 산자락의 한없이 외로운 소리가
지리산의 환청처럼 들리고

하얀 얼음처럼 찬 계곡 속살 드러내고
아무도 부름하지 않아도 운명을 따르며
자지러지는 부질없는 함성들만 너부러지고

언제나 혼자 뒤척이는 밤이면
열정 다한 정열마저 짓누르며 살아왔어도
토하고 싶은 격정에 휘둘리고야 만다

개기월식, 천 급으로 다듬어진 윤회에도 아랑곳하지 않고
모두가 돌아앉아 무겁게 침묵한 벽소령 산바람은
가슴만 마구 두드리며 어디론가 가는데

백소명월은 다 알고 다 보고 있어
달빛 아래에 멍하니 주저앉은
넋두리 숨길 곳이 없어 부끄러움에 낯을 들지 못한다

가을 들녘

이 가을
남은 미련들 모여들어
가을 수채화가 되면
우린 먼발치의 나그네입니다

아련한 추억 만지작거리던 가을이
우연히 걸어오는 서늘한 갈바람에
우두커니 논두렁에 서서
긴 숨 몰아쉽니다

아름다워야만 했던 날들을
치장을 해놓고도
빈 가슴으로 다 안기에는 너무나 가슴이 벅차
서둘러 텅 빈 하늘에 구름 몇 점으로 수를 놓아봅니다

이제는 다 내려놓은 가을 들녘이기에
여린 낙엽들 흩어져 자리를 잡고
외줄타기 하는 잠자리 졸리기만 한데
한들거리는 코스모스 위태롭게 버텨냅니다

을숙도

빛바랜 갈대 숨죽여 서 있고
한 무리의 철새 풀섶에 잠든 가을 밤
구름 사이 별들과 초승달 숨바꼭질 하여도
마음의 벗들이 있는
시월의 마지막 밤은 외롭지 않았다

부어라 마셔라 하진 못해도
홍안으로 마음이 취해버리고
왁자지껄 오가는 수다가 회포를 풀고
부동의 침묵으로
시간을 밀어내고 있는
시월의 마지막 밤은 가슴을 스며든다

가랑비에 목축인 풀벌레 미동도 않고
멀리 네온불빛이 가슴 태울 때
벗들이 있어
을숙도
시월의 밤은 무게를 더한다

아무리 줄행랑치는 세월에도
아! 이 가을
사색의 길은 아직도 끝나지 않고 멈추어 서서
물끄러미 쳐다만 보고 있는데
시월의 마지막 밤 깊은 줄 모르는 을숙도
이별의 아픔으로 서럽게 울며 돌아서 있었다

가을비 속으로

비 오는 가을날
산길은 따라가다 보면
어디에도 나란 없다

그래서
비 오는 날이면
온몸 단장하는 가을의 전령들같이
길 없는 풀섶에 자리를 튼 노란 들꽃이고 싶다

비 오는 날
산길을 따라가다 보면
오솔길마다 온통 아우성인 것은
누군가를 기다린 들꽃들의 주체할 수 없는 열정인가 싶다

어딘지도 모르게 달려온 길에
홀연히 벗어던지고 있는 나무들처럼
모두가 가고 나니
혼자 버티고 선 억새풀에 매달린 나는
어디에도 없다

겨울비

아무 소리도 없이
가슴에 단 무거운 것을 내려놓지 못한 마음으로
온종일 겨울비는 혼자서 사색의 길을 연다

가만히 창가에 다가서서
비 오는 겨울 산을 따라 길게 늘어선 길을 바라보면
어느새 내 가슴엔 한 마리의 새가 외로움의 둥지를 턴다

쉬지 않고 달려온 길이 너무나 멀어
이젠 지쳐 쉬고 싶은 생각으로
깊지도 않는 의자에 몸을 기대어 조용히 눈을 감고
정령 누군가에게 읽을 한 줄의 글을 왼다

아무도 없이 이미 떠나버린 흔적들만이 즐비하지만
세 평 남짓 공간에 어질러져 있는 여유로움으로
애써 돌아누울 때 비에 젖지 않은 것이 없다

마가목 차(茶)

온종일 달려온 비 오는 길이
어둠이 깃든 계곡으로 빠져들 때
가랑비는 차량을 달려들며 나를 끌어안았다

어둑한 초저녁 전나무 숲에서
조용한 깨달음으로
내게 다가온 가을 단풍은
얼굴을 숨기지 못하고 들킨 듯이
마음을 쓸어내리기 힘겨워 울긋불긋하다

마가목차 한 잔에 머금은
불심의 걸음걸이 아직은 서툴지만
삶의 능선에 재촉하는 여정은 가볍다

처음 산사에서의 하룻밤은
엄마의 품처럼 따뜻하고
외로운 일상은 한없이 내 안에서 나를 만나고 있었다

깊은 산중에 삶의 그리움을 내버려두고
혼자만의 깨달음으로
부질없는 입맛을 다신다

사색

아침을 여는 가을바람
풋 내음 콧등을 두드릴 때
인기척에 놀라
불현듯 뒤돌아보면
그대는 낙엽이 되어 구른다

이 나이에 찾아온 여운은
빈 틈새를 가득 채우고
삶의 언저리에서 혼자서 헤맬 때
또다시 그대인가 싶어 고개를 들면
텅 빈 가을만 가득하다

쉼 없었던 뜨거운 열정이 식어 가는데
내 앞에서 뚝뚝 떨어진 사색은
혼자 저만치 떨어져 먼저 가고 있다

II

중년

기억 저편에 있는
사람이 더 그립다

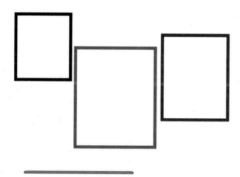

비는 소리 내며 오는 것이 좋다

비는 소리 내며 오는 것이 좋다
그저 내리기만 하면 된다
요란스럽게 해야 쉽게 보낸다

비는 소리 없이 오는 것이 좋다
그저 내리기만 하면 된다
어차피 갈 때도 말없이 간다

그래서 비는 오래 머물지 않는 게 좋다
말없이 오가는 것처럼
기다림도 자유다

처음 나선 길

비가 와도 걸었다
같이 있음이 즐거움이었다
뱃길 끊어짐도 오랜 세월의 보상이나 보다

여운 가득한 역사를 안고 산 세월은
높은 파도가 되어 멀미처럼 어지럽게 너부러져 있는데
아무렇지도 않는 듯 어린아이가 되어 웃고 뛰며 태연스럽다

처음 나들이는 끈이 만든 인연이라고
첫 찻잔의 우연도 비에 젖지 않는 영혼일 것이라고
처음의 소중함을 에둘러 엮은 추억이
초겨울의 스산함에 더 외롭다

큰 파도가 일어도 좋았다
같이 있음이 행복이었다
세월에 묻어둔 기억을 담아낸 긴 여정이
온전히 우리들의 것으로 되어 있었다

중년

희끗한 머리 눌러쓴 모자 창에 외로움 하나 달랑 매달리면
가슴에 묻어둔 지난날의 열정이
세상의 문턱에 우두커니 와 멈추어 섰다

젊은 날의 인연 향기 나는 클래식 음악에 취해
계절의 끝에 머문 쓸쓸함이 고개를 들면
문득 떠오르는 기억의 저편에 있는 사람이 더 그립다

길지 않은 인연 오래도록 남아 뚜벅뚜벅 걷기를 기도할 때
조용히 노크하는 세월
희끗희끗 빛바랜 영욕도 어느덧 덧없음을 알린다

세월의 질곡보다도
매듭 풀지 못한 그리움에
쓸쓸히 나뒹구는 중년의 낭만이 겨울처럼 싸늘하다

그리움

말없이
소리 없이
가랑비 내리듯
그대
조용히
먼 얘기처럼 다가와
가슴 가득 그리움 채우고
멀리 있다

먼 데 바라보는 마음이 시려

먼 데 바라보는 마음이
애달파 하는 새
숨죽여 세월만 쫓아가고 있었네

먼 데 바라보는 마음이 시려
천성은 무릎 꿇고
허수아비 같은 어리석음을 지었네

겨울철새처럼
바람을 일으키며 떠나는
모진 인연의 굴레가 과거를 닮아가네

그림

오늘도
그림을 그린다
세월에 묶어둔 인연 풀어헤치고 그리움 가득한 파란 하늘에

오늘도
오솔길 걷는다
빛바랜 낙엽처럼 흩어진 기억을 주섬주섬 줍는 인생길을

가는 길마다
빛이 되고 색이 되는
추억들과 의미들
풀어헤친 날들이 즐겁다

비 오는 오월

언제나 오월의 비는
쌀쌀해서 침묵처럼 더 무겁다
그래서 말없이 떠나간 그리움을 하나 싣고 있다

빗물은 늘 허전하다
담장 위 장미 빨강 입술 터져라 홀로 외치면
대롱대롱 물빛 따라 흔들리는 오월의 열정이 애처롭게 파닥인다

혼자 숨죽인 기다림 때문일까
앳된 오월의 가랑비는 더 아프다
그래서 푸른 날이면 가슴 미어지는 외로움만 바둥거린다

다 잃어버린 듯이

다 잃어버린 듯이
나사 하나 빠진 듯이
길을 쫓아도 쫓아도
멍하니 바라보기만 하는 세월
저만치서 싸늘하네

뛰며 걸으며
쉼 없던 계절과 밤낮
지칠 때마다
가슴깊이 옹달샘은 가뭄을 탓하며
가슴 안에서 옹알이네

움켜쥐고서
닫아놓고서
눌러놓고서
바동거리는 길에는
무심한 시간이
널브러진 낙엽처럼 서성이네

비 오는 날

비 오는 날
목이 쉬도록 창을 두드리는 소리가 부단하다
이미 나가버린 마음인데도

비 오는 날
가슴을 치는 기억은 쓰나미보다 무섭다
으레히 지나가는 폭풍인데도

비 오는 날
조용히 내려앉는 아우성은 세월만큼이나 요란스럽다
파닥이는 건 살아있다는 의미인데도

그래서
비 오는 날이면
갈 곳 없어 무거운 짐 지고 누워버린다
창가에 넘나드는 그리움만 분주할 뿐인데도

가을단풍 Ⅰ

가을엔
바보도 시 한 편은 쓴다는데
누군가의 눈가에 그리움 가득 채운 수채화 된 낙엽
어찌 그리움뿐일까 마는 조용히 낮추는 몸이 가볍다

가을바람은 까칠하다고 하는데
옷매무새 고쳐서라도 찾아가는 세월의 속절에
온갖 색으로 치장한 애절한 절규가 더 서럽다

이 가을이면
달랑 매달린 시 한 조각이 노랫말이 되고
달랑 매달린 추억 하나도 글이 되는데
다 끌어안고도 비어있는 하늘은 휑하니 제길만 바삐 간다

차마 서둘지 못한 마음
일곱 빛으로 피를 토하듯 저리도 구구절절한데
무던한 바람 젖은 단풍만 흔들고 가는 건 무슨 심보일까

길가다 만난 청춘

그대
가만히
뒤돌아보라

푸르고 힘찬 세월의 뒤안길에
땀과 영광으로
황야 같은 들판을 자맥질할 때
옛날의 벗들 늘 혼자가 아니었다네

힘들고 지칠 때
울고 웃을 때
즐겁고 행복한 아우성으로 걸음걸이 할 때마다
우리들 이야기는 잔잔한 파랑이 되어 부를 것이네

그때
문득 가던 길 위에서 뒤돌아보라
우리들의 이야기는
시간을 세우고 추억으로 기억해 내리라

우울한 몽상

가만히 세월을 세었다
수많은 지난 이야기들은 가장자리에서 나뒹굴고 있다
어느새 나이가 육십 고갯길에 와 섰다

중년은 주섬주섬 기억을 주워 담는다
언젠가 잃어버릴 것 같아 가슴 조렸던 욕망이 벌써 떠나 버렸는데도
가슴에 눈물이 맺히는 건 밤새 잠결 곁에 서성인 그 때문이었다

그렇게 설쳤던 긴 밤이 우울한 아픔으로 머물러 있을 때
부시시 고개를 드는 건 여명에 풀어헤쳐진 빛바랜 육신뿐
거기엔 누구도 없었다

세월도 육십까지 세다 허우적거린다
어제오늘 일도 아니다
늘상 터줏대감처럼 버티고 자리 잡아 선 무거움을 억지로 일으켜 세
운 건 우울한 몽상의 발악이다
그런 그도 아련한 기억만을 꽉 잡고 버틴다

다시 가만히 세월을 센다

가을을 외치다

오솔길을 걷다보면
가을이면 열정의 옷을 벗어 던지는 낙엽은
시간을 멈추어 세운다

소리 없는 외침으로
순응하는 처절함을 알 때면
가늘게 떠오르는 지난날의 일기장처럼
고된 애환이 만든 역작처럼 하고 있다

낙엽은 그렇게 가고
계절이 아무리 바뀌어도
변하지 않는 것은 침묵뿐이다

가만히 서서
우두커니 길을 바라볼 때면
발버둥 치며 오가는 것이 부질없기에
목 내밀고 선 허수아비만 가을을 외친다

입춘

겨울이면 기어이
온몸 웅크린 채
허우대에 걸린 쓸쓸함 만큼
허전한 숲을 거닐더니

쌀쌀함이 등을 보일 때 쯤
빈 마음에 기억 하나 챙겨서
이른 봄나들이 갈 참으로
장롱 앞을 어슬렁거린다

가슴에 파고든 그리움마다
꽃봉오리 되어 기다림에 넋 놓고
물오른 가지마다
설렘으로 치상하더니

먼저 간 이가 있고
기억해낸 추억이 있기에
고요하던 넋두리는
무심한 바람에도 분주하다

나이 듦에

세월은 부단히 나이를 셈하고
젊음 빽 하나로 버티는데
허리 아프다
무릎 아프다
어느덧 병원이 가까이 있다

중년을 지나니
슬그머니 넘기는 나이 의미 없이 쌓여만 가고
어둔한 동작과 깜박 깜박 잊어버리는 게 당연시 되니
마음과 육신의 벌어진 사이에 등 돌린 열정만 나뒹군다

간이역도 종착역도 모르고
육십 킬로 달려온 길이 덩그러니 쓸쓸함만 지키고 섰는데
혼자 햇빛 쐬는 솔바람
부단한 수다에 걸터앉은 의자 사이를 오가며 달아오른다

탈색된 염색 머릿발 숨기고
안경 너머가 흐린데
기억나지 않는다
잊어버렸다
어느덧 익숙한 일상에 기댄다

길

참 많이도 걸었습니다
빛바랜 낙엽마다 채옥채옥 쌓인 사연으로
저린 걸음걸이는 긴 이야기를 엮습니다

갈 길은 멀어도
하늘에다 그림을 그리는 건
운명으로 받아 안은 인연의 끈으로 살기 위한 몸부림이 됩니다

참 많이도 걸어야 합니다
너부러진 돌부리 틈새를 기웃거리며
기어이 빈 가슴을 채워야 하는 욕망의 짐을 집니다

물끄러미 바라본 지난날이나
야무지게 바라봐야 하는 내일이나
그저 살아가는 길이 업보입니다

삶

산다는 게
참 외롭다

그대 그냥
웃음만 지어도
가슴에 꽉 찬 세상인데

산다는 거
참 힘들다

그대 그냥
옆에만 있어도
깃털같이 가벼운 게 삶인데

세상

내가 사는 세상은
피 터지는 싸움이 있다
우리는 죽도록 싸우지 않으면 안 된다

내가 사는 세상은
눈물범벅이 되도록 이별하고 헤어짐이 있다
언제나 우리가 쉽게 인연을 매듭지으며 산다

내가 사는 세상은
죽도록 일하지 않으면 안 된다
우리는 세상의 노예가 되어 살아야 산다

우리는 넘치도록 많아도 없고
하루라도 싸우지 않으면 안 되고
일하는 노예가 되지 않으면 안 된다

우리는 있어도 없는 줄 알고 산다
우리는 눈물로 넉넉함을 즐기며 행복해 한다
이게 사는 세상이다

III

여유

그대 옆에만 있어도
깃털같이 가벼운 삶인데

설

설은 언제나 포근한 엄마 품처럼
기다림 한 움큼 쥔 설렘이고
엄동설한은 저만치 웅크린 채 비켜 앉아 있다

작은 개천과 밭고랑 논두렁마저
얼음과 잔설로 치장하고 손 비비며 기다리는 신작로에는
설 쇠로 고향 오시는 아버지가 있고
정월대보름 놀이가 된 행복은 꿈이고 사는 세상이었다

참 낯선 세상이 되어
급박하고 야박한 인정으로 세상을 달구어
취직은 어디에?
시집, 장가는 안 가나?
돈은 잘 버나?
황무지를 쫓는 매처럼 날카로운 질문은 늘어지고
사촌, 육촌의 안부마저 세월 속에 조용히 묻혀버리고
달려라 쫓아라 뛰어라
그리고 이겨서 우뚝 세운 위선으로 살 거라 다그친다

시골집 할배, 할매 떠난 세상은
도구가 되고 기계가 된 로봇의 감정으로 어슬렁거리는 거리에
미아가 된 인정은 굶주린 동량을 하는데
엄동설한은 기세가 참 당당하여
메마른 물질만능 포장길에서 보물찾기 놀이가 손 시리다

차 한 잔에도

차 한 잔에도
혼자서 벗을 만들고
길을 나선 시간만큼
낯선 이야기 길게 늘어섰다

가슴을 녹이는
한 권의 책만큼
향기 가득한 여유가 손을 놓고도 즐거워한다

차 한 잔에도
삶의 노래가사를 짓고
사랑의 글이 될 때
사는 여정은 스스로 익는다

한 모금 따스한 온기에
풀어헤친 그리움 가득 쌓여
뜨거운 열정으로 우려내는 기다림이 즐겁다

소풍

우리만큼의 행복으로 살자
있는 것만이 최고인
바보가 되어
우리 사는 세상 누비며
여행길 가자

다는 모른다
했던 게 전부이고
본 게 전부이고
이것이 세상 전부이다

세상 나온 날
생떼 쓴 만큼의 행운아가 되어
소풍 가는 날
손잡고 가자

봄의 노래

옷 여미고 나설 때마다
꽃봉오리들 미소 머금고
머뭇거리는 계절은
이제야 봄바람에 서둔다

가는 듯 오는 듯
철새무리 하늘을 가로지르고
연녹색 새싹들 기지개 틀 때
솔가지 사이 바람만 조용히 숨어든다

양지바른 언덕에 기댄 졸음은
목까지 차오르고
개울물 소리에 버들강아지 몸부림으로
아지랑이 환생하듯 피어오른다

매화꽃은 눈꽃이 되어 고운데
갈대 끝자락 매달린 여운이
서툰 기다림에 안달하고
터질 듯 수줍은 목련꽃 설렘 잡고 버틴다

벚꽃 둘레길에서

올 봄 벚꽃은 유난히도 매정하다
벚꽃맞이 준비도 하기 전에 왔다가 훌쩍 떠나버린 손님 같다

벚꽃 둘레길에는 낭만과 여운이 굴러다니고
낙동강자전거길 잔잔한 파랑소리 갈 길을 재촉하고
벚꽃오거리 연인들 분주히 추억 담는다

딸기하우스 새콤한 향기
딸기코처럼 온몸 붉게 달아오르게 하는데
둘레길 십리엔 꽃비가 내려 요란스런 이별행사를 치렀다

금오산 천태산은 말없이 내려다보고
천태호 정자 아래 마음 하나 풀어놓고
안태호 전망대 마음 하나 풀어놓고 나니
일상은 이제야 아쉬운 미련과 이별의 아픔을 알고 몸져누운 듯 조용하다

새로이 개업한 벚꽃길 카페에서는
쉼과 삶과 여유를 볶는 로스팅기계가 한 자리를 잡고
수재맷돌에 갈고 우려낸 원두향의 유혹은 발길 멈추게 하는 마술을 부린다

벚꽃길 카페 문을 열고

온 천지에 꽃비 내리더니
아메리카노 찻잔 너머엔
금세 맷돌에 갈아 우려낸 원두향기 익어가고
둘레길은 아쉬운 듯 저녁 햇살을 쫓고 있다

멀지 않는 낙동강 자전거 길이 있고
마중물 찾던 이른 아침 낭만들
벚꽃길 카페에서 목을 적시며
안태호 천태호의 넉넉함에 기댄다

벌써 검세들녘은 푸른 내음 들먹거리고
하얀 벚꽃 꽃비 되어 아양을 떨어도
머리에 꽃을 단 연인들 숨 막히는 열정에
길가 연분홍 복사꽃이 먼저 설렌다

시간은 인기척도 없다

시간은 인기척도 없다
산다는 모든 게 소리 없이 가는 바람이다
째깍째깍이는 시계
몰래 밤을 깨우지만 세상은 아무 소리 없다

가느다란 가지에 매달린 낙엽들 밤새 말없이 떠나갔다
지난날의 추억에 몸살을 앓은 듯 꿈쩍도 않더니
기실 슬픔 가득 안고 홀연히 떠났나 보다
창 너머 서성이는 그리움처럼
응어리진 여운에 어찌 비명이 없었을까

미친듯 사랑하고 그리워하던 젊은 열기가
어김없이 와 머문 날
쑥 캐는 아낙들
가득 담은 봄의 유혹에 벌써 빠졌다

노을

붉은 열정 담아낸
외침이다가

가슴에 녹아내린
그리움이다가

우두커니 바라보는
긴 기다림이 된다

아침 산책

이른 아침 뭇 새들 떠들고
오만 풀들 어리광부리는 봄비에
마냥 애띠다

초록의 옅은 빛 온 대지를 품고
도도하게 침묵을 지키는데
덤덤한 봄바람 혼자서 분다

벗나무 분주히 손님 맞더니
지친 듯이 꽃잎 다 떨구고
이제야 만사를 제치고 생육에 날개를 달았다

봄비에 젖는 외로움 하나
덜렁 내려앉아 있는 아침 산책길
잠이 덜 깬 채 조용히 숨죽인다

소리 내며 오는 비가 좋다

차라리
보슬비보다
가랑비보다
소리 내며 오는 비가 좋다

가슴을 치고
마음을 뺏어가도
그저 소리 내며 내리기만 하면 된다

그래야
쉽게 보낸다

어차피
왔다 갈 때는 그런다
아파하는 건 싫다고
그냥 말없이 가면 된다고

가슴을 치고
마음을 뺏어가도
그저 소리 내며 내리기만 하면 된다

그래야
덜 아프다

후회

부단히 앞만 바라보며 뛰었던 건 열정이 아니었다
올곧으면 되는 냥 사는 것이 삶의 전부가 아니었다
후회 없는 인생은 내가 우선이어야 했다

걸어서는 안 되고
뛰어야만 되는 줄 알았고
쉬지 않고 열심이어야 잘하는 것인 줄 알았고
가정보다 회사가 개인보다 일이 최우선이어야만 잘하는 일인 줄
알았다

뛰지 않고 좌우를 보면서 걸어서도
쉬어가면서 나를 먼저 생각하고서도
더 잘 살고 더 멋진 인생이고 진정한 삶인 것을 알게 된 건
거의 사십 년만의 깨달음이었다

나를 알아주는 건 세상이 아니라 내 자신이고 내 가족이며
나를 위하는 것이 무엇인가를 알게 되고
내가 원하는 것이 무엇인가를 알게 되고
사랑과 가족과 세월이 얼마나 소중한가를 알게 되었다

이것이 삶의 고백이고
이제야 나를 발견하고서 후회란 걸 알았다
어떤 삶이 더 풍요로운가를 후회가 알려준 뒤늦은 출발인 것이다

사람 사는 세상

서울이 좋다
온갖 세상이 모여진 도시
파라다이스처럼 모던한 품새 이룬 빌딩숲
강이 산이 더불어 사는 서울이 좋다

어디론가 바쁘게들 오가는 사람들
붐비는 자동차들
요란스런 경적소리들
뛰고 걸으며 그 속에서 사는 게
사람 사는 세상 같아 좋다

온갖 군상들 하나가 되어
이른 아침부터 늦은 밤까지
일상을 쫓고 삶을 쫓는 사람들
가야 하는 곳이 있고 서둠과 여유가 있어 좋다

안개 자욱한 한적함보다
을씨년스런 조용함보다
분비는 도시 바쁜 도시
사람 사는 것 같은 세상이라서
그래서 서울이 좋다

여유

빈 가슴을 열었다
늘상 가는 산책길이 오늘은 낯설어도
여유 부릴 틈이 있어 좋다

벤치에 앉아 하늘은 본다
구름도 보고 구름을 타고
사람도 보고 사람을 그린다

지저귀는 새들 소리 클래식 음악이 되고
자동판매기 음료수 냉가슴 내려놓으니
심심한 마음 잠시 쉬어간다

가벼이 숨어 부는 솔바람도
따라 어슬렁기린다

우리 오늘 친구 먹었어

우리 오늘 친구 먹었어
덜렁이 정아랑 경아는 그랬다
살면서 문득 우연히 찾아와 쿵딱쿵딱 뛰는 수줍음 하나
아메리카노 커피 향에 숨어들었다

향기 나는 시가 있고 뒷짐 진 낭만이 있는
논두렁 건너 모퉁이 돌아서면 뻐꾸기 간간이 소리 지르고
들녘 못자리 개굴이 시끌벅적한 벚꽃길 카페 풍경은
오랜 친구 만난 것처럼 요란스럽다

늘 푸른 계곡의 정원을 찾고
흐르는 강이 내려다보이는 그림 같은 집을 찾는 나이
아직은 꽃보다 잎으로 남길 바라는
소녀의 꿈으로 사는 육십 고갯마루에서 오월 햇살을 쬔다

걷는다는 게 다 인생이란다
여유로움 하나 달고
꿈 하나 가슴에 넣고
파닥이는 열정 하나로 소리 내었다

우리 오늘 친구 먹었어

시인

사람들이
시인으로 등단하라고들 하지만
그냥 쓰고 싶은 대로
혼자가 된 글이 더 좋다

생각에 묻혀 버릴 때
글이 되고
사연이 되고
때론 아픔이 된다

하지만
그냥 마음가는대로
지웠다가도 다시 쓴 글
잊어버린 사람 찾아 헤매다
문득 다가선 그런 글이 좋다

그래서 쓴다
맘대로 떠났다 찾아온 그리움 같이
가슴 안에서 끄집어 낸 수줍음이 있는
그런 글이 좋다

오월

청명한 하늘
구름 한 점 넣 놓고
산 능선에 걸터앉아 쉰다

속살 드러낸 햇살 저 혼자 빈 몸 쬐는데
노란 민들레 홀씨 바람 타고
어딘가 홀연히 떠나는 건
누군가를 꼭 닮았다

그늘에 머문 늦봄
아직도 어슬렁거리고
향기품은 봄꽃들 먼저 떠난 자리
풀 냄새 막 익어 가는데
요란스런 새들은 철없이 짖어 댄다

아무래도 오월은
먼저 간 이가 그리운 계절인가 보다
모두가 머리띠 두른 군중처럼 아우성인 건
내려놓지 못한 인연 하나 매달려서다

자장암

지장암 툇마루에 걸터앉아
육십 고갯길에 뿌린 씨앗 하나 꼭 쥐고
아른거리는 세월 넘겨보는 회한은
보살의 뒷모습에 숨어들고

무거운 짐 짊어진 침묵은 가람을 휘돌며 서성이고
홀로 산사 찾아든 인연들
나직이 벙어리 되어 먼 산 바라보는데

자장암 뒤뜰 개망초 꽃 질 무렵이면
달맞이 꽃 하나
어찌할 바 몰라 숨죽이며 피고 있다

허전함

참 이상하지
꼭 그가 없을 때 기세를 부린다

그래서 힘이 없는 날이면 그가 없다

늘 그렇다
사랑이 있으면
그는 서둘러 돌아서 간다

그래서 허전함은 혼자다

여유로움을 줍다

재즈와 시낭송이 있는 초여름 밤 문화회관을 갔다
이날 문화의 날에는 두 다리 쭉 펴서 사는 여유로움을 익혀 주섬주
섬 줍는 날이다

달콤한 소스를 얹어 입안 가득히 묻어나는 언어들로
우연이라는 길을
인연이라는 숲을
인생이라는 삶을 걷다가
꽃망울이 툭 터지는 소리가 천둥소리처럼 들린다더니
나는 깊은 내면에서 깨어났다

꽃을 그리다가 그 사람이 생각나
창가를 물끄러미 바라보는 미소처럼 일상을 얹어 푸짐하게 차려진
상차림에 정신없이 허기를 채우고 있었다

유월의 단풍잎들 파르르 웃으며 메마른 정서 살찌우고
삶에 지친 사람이 조용히 숨소리 죽이며 어설픈 순한 양이 되고
바쁘게 찾은 문화회관에는 여백을 줍는 데 정신이 없다

Ⅳ

자유

맑은 날이면 새가 되고 싶다
날갯짓 없이도 바람 따라 날 수 있는
새는 자유로워서 좋다

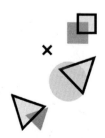

자유

맑은 날이면 새가 되고 싶다
날갯짓 없이도 바람 따라 날 수 있는
새는 자유로워서 좋다

흐린 날이면 비가 되고 싶다
넘치지 않아도 냇물 되어 언젠가 바다로 갈 수 있는
비는 다 채우지 않아서 좋다

가는 대로 흐르는 대로
갈 수 있는 모든 것은 다 좋다

새가 되고 비가 되어 모두가 간다

목마름

장단지가 아리도록
이리저리 갈 길 멀다않고
쫓으며 누비며 조잘 대며
부릅뜬 눈으로
동화 속 궁전을 찾고
이국의 풍광에 빠진 사랑은
세느강에 버려두고
임의 보고픔은
실없이 해댄 헛소리에 지친다

만사 풀어헤친 채
잠꼬대가 무어라고
코고는 소리가 무어라고
망각의 탑돌이 하듯이
고삐 풀린 사람아
철없이 잠든 사람아
임은 그리움에
덧없이 머문 시간을 쫓아 헤맨다

보고픔

여행하는 날 잡은 그제께부터
코흘리개 기다림은 참다못해 칭얼대더니

늦은 밤 외면하고 돌아선 잠은
이부자리 비비며 뒤척이는 다섯 살 반항아가 된다

아무래도 오늘은
그대가 보고픈 설렘에 초승달이 서둘러 아침을 부르나 보다

가을 I

돌담너머 코스모스 가을을 색칠하며 길을 나섰고
냇가엔 갈대꽃 은빛 날개 달아 하늘마저 춤추게 하는 가을은
여문 처녀 가슴처럼 하고 있다

강아지풀 하늘하늘 아양 떠는데
잠자리 벗하자고 벗 삼자고 졸라대더니
꽃대에 매달려 위태로이 졸고 있네

꼿꼿하던 억새 너울너울 거리며 노래를 불러도
잰걸음 하던 노을은 산등성에 걸터앉아 익어만 가고
가을은 언제부턴가 아침이슬 머금은 인연을 하고 서 있다

아침에 일어나면

아침에 일어나면 먼저 에프엠 라디오를 튼다
조용히 아무도 모르게 밀려오는 향기 나는 음악
어느새 안식처처럼 포근하고 따뜻한 친구가 되어 있다

그냥 주섬주섬 하루를 준비할 때면
있는 듯 없는 듯 혼자 조용히 응원하기도 하고
수많은 기억을 들출 때면
어느덧 중년이 된 나는 멈추어 선다

조용히 시간이 멈추고
아무도 없는 세상에 혼자 되어
머릿속으로 스치는 수많은 삶의 흔적들만 흘러도 나는
나이 든 모습으로 일상을 준비한다

아침에 일어나면 먼저 에프엠 라디오를 튼다
무엇보다 익숙한 시간에 익숙하게 맞는 습관이 만든
버릇처럼 틀어놓는 라디오에 나는 이미 포로가 되었다

덤

세상은 내게 늘 계절을 주었다

오늘을 살리라
하루를 살아도 전부를 쏟으리니

사랑하리라
나는 이 계절에 다시는 없으리니

계절은 내게 세상이 되어 주었다

낙엽 I

파란색 노란색 분홍색 빨강색
이 계절 참 아름답지

하나하나의 인연들마다
어찌 애닲은 사연 놓고 기도하지 않았을까

이 빛난 날 저절로 부는 바람소리
하늘높이 너울거리는 구름이 아름다워

아무도 부르지 않아
낙엽만 홀로 가을에 빠졌다

가을 II

우두커니 서 있는 나무가 신음소리를 내고
낙엽은 춤추다 구르며 까르르 웃다 지쳐 멈춘다

울긋불긋 각양각색의 지존들이 떠날 채비를 하고
푸짐한 계절을 놓고 떠들썩하게 만찬중이다

살랑살랑 바람결이 거칠게 감싸 돌 때
그저 바라보다가 잠든 군상들은 세월 안고 달음질친다

오랜 기다림의 끝자락에 서면
가을은 언제나 혼자서 익는다

월정사 숲길

시월의 월정사 숲길은 늘 쓸쓸함을 내려놓지 못한 나무들의 조용
함에 숙연해진다

나는 그런 숲길에 작아진 모습으로 조용히 걷는다

죄 지은 사람마냥 고개를 들 수 없는 것은 하늘을 가려버린 숲길에
서 외톨이가 되기 때문이다

그래도 때가 되면 오롯이 가을이 지나가는 자리를 찾아 호되게 매
를 맞고 와야만이 살 것 같다

또다시 맞은 매가 왠지 더 아프다

가을단풍 Ⅱ

가을엔 바보도 시 한 편은 쓴다는데
누군가의 눈가에 그리움 가득 채운 수채화 된 낙엽들
어찌 그리움뿐일까마는
조용히 낮추는 몸이 가볍다

다 끌어안고도 비어있는 무심한 하늘은
옷매무새 풀어헤친 애절한 절규에도
차마 돌아보지 못하고
머문 듯 제 길길이 더 바쁘다

달랑 매달린 시 한 조각이 노랫말이 되고
달랑 매달린 추억 하나도 글이 되고
일곱 빛으로 피를 토하듯 저리도 구구절절한데
까칠한 가을바람 젖은 단풍만 흔들고 가는 건 무슨 심보일까

가을에 길을 잃다

시월이 말없이 간다
석양은 서쪽 하늘을 물들이며 기어이 산 능선을 넘는다

가만히 길은 소리를 낸다
뜨거운 마음이 몰려나와 고래고래 소리치며 아우성인데도
가을 닮은 길은 늘 멀다

혼자는 못 간다
그렇게 시월은 서럽게도 바람 따라 운다
마음이 시려 오는 날에는 익어가는 가을이 차라리 밉다

늘 시월의 마지막 날은 민둥산처럼 쓸쓸한데
억새가 힘없이 떨고
길 잃은 갈바람만 더 차갑다

물안개

흐릿하게
환영처럼 다가온 건
그토록 기다린 욕망이 아니었다

어딘가에서
익숙한 목소리로 다가와도
목마름 축여 줄 마중물이 되지 못했다

가마득히 멀어져간 인연
우연처럼 다가왔어도
그리움이 아니었다

그렇게 흐릿하게 다가온 모습은 초라하다

낙엽 II

달랑
매달린
그리움 하나

온통
가슴에 물든
보고픔

그리다
그리다가
조용히 드러누워

아우성이더니
온몸 젖더니

칭얼대다
잠든
기다림

가끔은 버리고 싶은 것들이 있다

가끔은 버리고 싶은 것들이 있다
지독히 생각나는 것을 버리고 싶을 때가 있고
기억하고 싶은 소중한 것도 지독히 기억해서는 안 될 것이 있다

그래서 버리고 싶다
잊히는 것이 아니라
잃어버리는 것이 아니라
툴툴 털어 가벼이 살기 위해서가 아니라
세월이 버리기 전에 버리고 싶은 것이다

나는 세상에서 주워 담은 것이 값싼 한 그릇의 끼니 보다 못하다
는 것을 안다

내려놓는 버림도 빈 것에 익숙지 않아
언젠가 너저분하게 맞는 나는
또다시 오는 설렘을 기다리고 있다

노인네는 아닐세

노인네는 아닐세
지나가는 아낙에게 실없는 한마디 던질 수 있는 나이
색소폰과 통기타의 허접한 낭만을 울러 매고
아직은 이팔청춘이라 고집스런 나이일세

노인네가 아닐세
칠공팔공 노랫말에도 흥얼대는 흥이 있는 나이
올드팝송 어눌한 옹알거림이 부끄럽지 않는
아직은 육십 하고도 멋 부릴 청춘일세

노인네는 아닐세
사랑시 한 수 외워 읊는 열정이 있는 나이
온 산 단풍 물든 계절이면
작은 가슴앓이로 아파하는 나이일세

아직은
노인네는 아닐세

삼성동에서 가을을

오늘도 걸었다
플라타너스 낙엽이 너부러져 있는 대로를
무수히 지나는 무심한 시선들
그 침묵 속으로 한 걸음 한걸음 가는 길이 참 남다르게 차가웁다

길은 어제의 길이 아니다

하늘이 하얀 구름 안고 가는데
빈 몸으로 가는 걸음이 때때로 멈칫할 때면
바람이 들고 일어선다
눈을 크게 뜨고 길을 힘 있게 가라는 채찍처럼 말이다

지난여름에 핀 꽃은 벌써 떠났다

말없이 가는 건 어제 오늘 일이 아니지만
홀연히 가는 건 너도 그렇다

내려놓고도 아픈 것은

혼자 부는 바람이 더 차다
가을이 서둘러 가고
이른 어둠은 갈 길을 재촉하는데
꽁꽁 언 밤 뜬 눈으로 샌 얼굴이 거칠다

지친 세월에 누워버리면
밤새 몰려온 철없는 낙엽들 아우성에
숨이 막혀 심장이 멈출 것 같아
나도 모르게 뚝뚝 떨어져 흐르는
빗물을 받아 모은다

이렇게
내려놓고도 아픈 것은
긴 세월 버틴 외로움 한 움큼 때문이다
말없이 간 그리움 한 움큼 때문이다

아침에 글을 읽다

아침에 읽는 한 줄의 글이 참 달콤하다
고즈넉한 저녁노을을 안은 하늘은 아니어도
가을이면 으레 찾아오는 쓸쓸함에 젖을 듯도 한데
오히려 넉넉함으로 채워주는 아침의 조용함이 참 정겹다

하늘이 준 인연의 끈으로 선뜻
떠나려 해도 떠나지 못하는 가을의 벗들
갈대꽃 억새꽃 그리고 다 내려놓은 낙엽들과 더불어
세상이 만들어 준 아침이 참 곱다

이른 아침에 나는
가을에 찾아준 벗들 얼른 떠나지 않기를 간절히 기도한다

통영 겨울바다

추도 연화도 사랑도 비진도……
왼쪽에 하나 오른쪽에 하나
그리고 중앙에도 하나 놓고,
뒤에도 하나 놓고,
거기 그 이름들 하나 낯설지 않는
통영의 겨울바다는
지친 어느 날 엄마 품과 같다

통영의 바다에는
작은 눈물 큰 눈물
더 큰 눈물들 떨구고 간 이가 있기에
바다도 멈추고
섬들도 멈추고
가슴속 미동마저 멈추고 선 것 같다

하얀 거품 단 작은 배 하나 바삐 간다
지나던 구름 하나 쉬어도
불던 바람 잠시 멈춰도
구슬처럼 빛나는 은빛 그리움들
밤이면 수많은 별이 될 텐데

간간이 달아 노을길 지나는 연인 실은 차
느리게 지나간다

아무렇지도 않게
있는 그대로의
이렇게도 한적한 통영 겨울바다는
늘 외롭지가 않다

눈

서울 도심에
제법 눈이 내린다

모두가 눈에 갇히어 산다
차는 길 위에서
사람들은 눈길 위에서
겨울바람은 빌딩숲에서

눈은 내일이면 떠난다
밤에 그리웠던 임처럼

그런 눈이 올핸 자주 왔다 간다

졸혼

긴 날을 버텨 온 연민이 가랑비처럼 숨죽이고
세월의 흔적이 고스란히 넋두리 되어
지친 피로만 쓴 커피 향에 잠을 설친다

바라보며 산 날들
너부러져 있는 약속들
마구 가슴을 난도질해도
덤덤한 세월이 버티며 갈 길 데려갈 텐데

열 길 마음도 마치 반항아처럼 갈피를 못 잡아
넘치던 행복이 아파하고
냉정의 바다로 무심하게 내던지게 된다

덤덤한 세월도 군살이 박히고
익숙함에도 고개 숙이지 못하는 아집이 혼자 바쁘게 우왕좌왕하면
남처럼 돌아서 있는 연약한 인연이 떨고 있다

혼자 애쓰다 삭여야 하고
속 다 태우며 사는 게 삶인데
절대 변하지 않는다 하다가도 고개 돌리면
겨울 강가에 서 있는 갈대가 할 말을 잊는다

V

인생

갈 줄 모르는 나도
주섬주섬 나선다

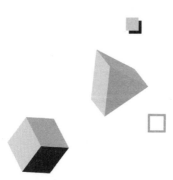

억새꽃

무섭게 내리더니
지독히 버티더니
갈참나무들의 외로움 틈새
꼿꼿이 세운 창백한 억새꽃
가슴 먹먹하게 울려오는 거친 바람소리가
왠지 더 아린다

떠나야 할 것들
까칠한 바람 불기 전에
이미 다 떠나고
을씨년스럽게 어둠을 걸어놓은 당상나무만 휑하니 버티고 섰는데

가라 가라 하고
혼자된 돌부리에 걸터앉으니 소스라치게 놀란 바람이 먼저 달아
난다

눈물

어디서 솟아났는지
어디서 흘러 내렸는지

지친 어깨에
온 세상 메달아 놓은 나는

말없이
소리 없이

나도 모르게 뚝뚝 떨어지는
천둥소리 들었다

지지고 볶고

지지고 볶고 다듬다가 세월만 가는데
익어가는 줄 모르고
그저 바라보며 웃는다

지지고 볶다가
조급한 세상 물끄러미 바라보다
그저 메아리 된 잔소리만
애증의 강에 돌팔매질이다

세월에 묻혀 산 흔적이 참 애꿎기도 하지
한세상 달음질치다 지친 넋두리
그늘 막에 걸터앉아 씩씩거리며
쉬고 있다

구름도 바람도 세월 닮아
아랑곳 하지 않고 바쁜 길 가는데
행복할까라는 원수 같은 인연으로
더불어 산
세월이 야속하다

지지고 볶고 다듬다가 세월만 가는데
익어 가는 줄 모르고
그저 바라보며 웃는다

송년회

응어리진 기억들
일 년 내내 묵혀 두었다가
약술로 꺼내어
부어라 마셔라
너는 내 안주 나는 너의 술친구

오랫동안 실타래 같았던 일상
풀자 잘하자 건배사에
금세 넘치는 의기투합들
소주잔 기울이니
기꺼이 꺼내든 일 년치 넓두리 안주발로
밤을 샌다

내가 웃고 네가 웃고
일마 절마 형님아 아우야
하나 되는 송년회
너를 보내야 내일이 또 온다
그래서 쓴맛이 단맛이 되는구나

세월 Ⅱ

연말이 되면 목에 걸려 있는 언짢은 기분이 참 묘하다
짠하게 가슴을 뭔가가 마구 찔러댄다

퇴근 길 엘리베이터 안 거울에 비친
새치가 알려 줬어야 알았던 세월
이때쯤이면 저만치 가는 세월의 꽁무니를 멍하게 쳐다보는 망부석
처럼 하고는……
불현듯이 조급한 마음은 이미
세월을 붙잡기라도 할 듯이 발버둥 친다

그러나 소용없음을 알기에도 이미 늦은 것을
반복되는 인생사임을 안다
비움과 채움을 알고 여유와 무모한 열정도 안다

우리는 늘 그렇게 산다
늘 그렇다
버킷리스트가 생각나고
초심의 허접함이 생각난다
인생!
그래서 산다

가을처럼 서 있는 사람

비를 맞고 눈을 맞아
산처럼 멀쑥한 장승이 되고
바람 없는 날
아무 말 없는 들녘에
홀로 낡은 허수아비 되면

가을처럼 서 있는 사람에게
강가 풀섶 지나던 바람 조용히 말을 건다

시린 입술 깨문 얼음 아래
청명한 속삭임에 눈꽃바람 귀 기울이고
앙상한 수풀 사이 참새무리
쓸데없이 오가면

들녘 거닐던 산 그림자
가을처럼 서 있는 사람 부른다

밤이 깊이 잠들면
해맞이 떠날 별들 서둘고
말없는 나룻배 지쳐 쉬는 강가에

그리움 품은
가을처럼 서 있는 사람 말없이 간다

글과 놀다

쉬운 말 고운 말은 몰라도
계절 끝자락에 머문 생각 하나 녹여
한 줄 한 줄에 듬뿍 적시면
글은 파르르 생기가 돋는다

글이 좋아
마음 속 향기 마르지 않고
산다는 이야기가 넝쿨처럼
이곳 지곳에 자리를 틀면
하늘에 숨긴 연필 어깨춤을 추고

글이 아름다워
가슴 속 열정까지 더하고
길나선 이야기가 눈꽃 되어
들녘과 산등선에 걸쳐 모눈종이 펴면
벌써 하늘에 숨긴 하얀 종이 춤을 추고

때로는 둔탁한 걸음걸이 수다를 떨고
어지럽게 너부러진 의미들
주섬주섬 줍던 의식이 지치면
목마른 한 모금에도 부끄러워 어쩔 줄 모른다

하얀 눈꽃 같은
노랑 별꽃 같은
하나하나 엮어서
그대 향한 그리움 되면

푸른 하늘에
구름 한 자루 들고 침을 바른다

바람 부는 날이 싫다

바람 부는 날이 싫다
눈 아픈 건안증이 있어서도 아니고
쓸데없이 나풀거리는 머리칼이 귀찮아서도 아니고
바람처럼 가버린 인연이 있어서도 아니다

바람 부는 날이면 쓸쓸함이 밀려 들어와 따뜻한 가슴이 점점 차가
워 마침내는 쓰라려서 더욱 싫다
바람 부는 날 하나 남은 인연 끝끝내 끊어내어
아무 저항도 못하고 쓸려가는 낙엽들이 얼마나 아플까 해서다

바람 부는 날이면 곁에 있는 이 떠날까 두려워서 더 싫다
결코 떠나지 않을 듯이 곁에 있던 느티나무 그늘도
그늘이 깊어 따뜻한 향기 가득했던 그도 때를 찾아서
외로움이 짙은 날 가슴을 설레게 했던 가을 단풍과 함께 떠났다

기다림에 지친 창가에서도 비명소리 내며
계절 내내 남긴 미련 다 데려가더니
가을에 품은 그리움으로
부질없는 심사에 허둥대게 하는 심술궂은 바람이 싫다

바람 부는 날
하얀 속살 시린 신음소리에
가을에 내려놓은 것들 다 모아 놓고
추운 겨울 웅크린 채 가슴 녹이며
봄을 기다리는 담벼락 아래에 머물 때가 있다

하루를 아프게 살았으면
하루는 덜 아파야 한다
어렵사리 찾아든 해 뜬 날에는 더 버틸 수 있을 것 같아
바람 부는 날
먼 산이 보이는 능선
바람이 많은 제일 높은 곳에 서 있다

바람 불면 모든 것이 떠난다
그래서 바람 부는 날이 죽도록 싫다

갈 줄 모르는 나도 어딘가를 나선다

그리움을 쫓아가다
강 건너 물가에 머문 달빛같이

해거름 닮은 기억 하나 품었더니
큰 잎 나풀거리며 배웅한 길이 참 멀다

밤이면 찾아드는 그리움 때문에
멀뚱멀뚱한 긴 밤만 홀로 지새고

벌거숭이 나무들 말이 없어
잔뜩 움츠린 겨울바람 떠날 때

갈 줄을 모르는 나도
주섬주섬 어딘가를 나선다

흔적 지우지 않고 가는 것은 없다

하늘로 산으로
빛바랜 풀섶에서 쉬다 졸다가
때론 강가 머물러 물결치며 놀다
숲속 나무 사이 돌며 쉬이 가는 바람처럼
흔적 지우지 않고 가는 것은 없다

언 강물 뒤돌아보지 않고 가다 지쳐도
흔적 싸안아 말없이 흐르고
아무렇지도 않게 서둘러 가는 계절처럼
흔적 지우지 않고 가는 것은 없다

손 흔들며 가다가 남긴 것 있으면 바람이 따를 텐데
어깨동무하고 누워 버티는 낡은 갈대들의 바람일 뿐
서로 손잡은 숲속 나무들의 오랜 열망일 뿐
살다가 가는 것은 가슴에 남기지 않는다

우린 세상을 이렇게 살고 있다

지하철 타면 모두가 로봇이 된다
고개를 숙이고
핸드폰을 보거나 자거나
누가 옆에 앞에 뒤에 있든
보든 말든
나 혼자만이 있는 지하철
버스를 타도 그렇다

흰 백발에 지팡이 든 할아버지가
짐 든 꾸부정한 할머니가 서 있어도
어린아이가 앉고
학생이 앉고
청년이 앉고
아가씨가 앉고
먼저 와 앉으면 되는 지하철
그 당연함에 익숙하다

더 살아 본 사람이
더 살아 보지 않은 사람이

경쟁을 해야 하고
이겨야 하고
언젠가 늙은이도 젊은이였고
언젠가 젊은이 또한 늙은이가 되고
아무렇지도 않는 일상은 도도하게 흐른다

세상에 지쳐 몸살을 앓고
뒤돌아볼 틈 없이 바쁘게 마구 살아

겸손은 패배자나 낙오자의 몫이 되고
양보는 주는 자만의 몫일뿐
그렇게 길 들린 까닭이 있어
우린 그 까닭에 숨 가쁘게 살아간다

세상을 이렇게 살지 않았는데
세상을 이렇게 살고 있다

살았기에 하늘을 본다

살다 보니 어쩌다 오늘을 또 만나서
지금껏 어떻게 살았냐는 질문에 화들짝 놀란 지난날이 벌떡 일어
나 고함을 치니
후회 없이 잘 살았다는 기죽은 핑곗거리에 삶의 허우대가 멀쑥해
진다

그러고 보니 한때는 죽도록 아파했고
미친 듯이 좋아했고
동물 같은 본능이었고
불다 만 비열한 바람같이 지극히 인간적이었다

어디쯤인가 닻을 내려서 뒤를 돌아보기도 하며
걷다가 걷다가 지치고 힘 들 때 걸터앉을 의자가 없어 아파하기도
하며
짚고 일어서게 한 지팡이 같은 사랑의 힘을 빌리기로 했다

십 년이 가고 이십 년 삼십 년에 지나서야 깊은 주름살에 희끗희끗
한 낡은 의식이 깨어
아무에게나 슬프게 하지 않았는지 누구에게나 아프게 하지 않았는
지 아무렇게나 세월을 속이지 않았는지 빼꼼히 고개를 내밀고서 조
심스레 개념을 찾아 줍고 있다

비로소
살았기에 하늘을 본다
인연들 틈새마다 굳은살처럼 박인 사랑, 미움, 아픔, 행복 모두를
지근에 두고
갈 길 멍하니 바라보니
홀로 어린 잔영이 천연스럽게 춤을 춘다

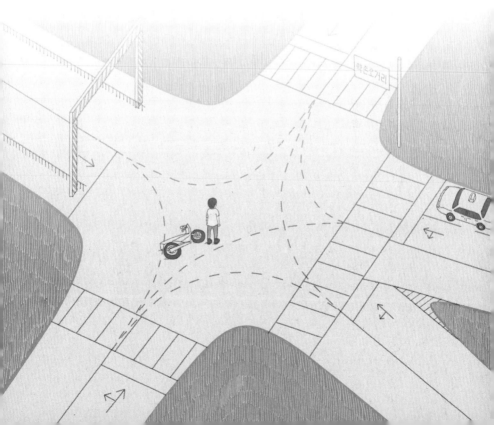

인생

터벅터벅 걸음걸이로
계절을 비켜 오롯이 걷다보면 바람도 낙엽 몰고 따른다

저녁 산 그림자 아프게 살아서인지
풍요 즐긴 들녘은 차마 얼굴을 들 수 없어서
태연스럽게 잠든 모습을 하고 있다

오후에 밀려든 지친 피로가
솔숲으로 달아나 버리는 바람에
차가운 바람 울렁이면 심한 멀미가 난다

애써 잊을수록 보고픈 너는
애써 잊을수록 그리워지는 너는
순종하는 모습으로 자리에 먼저 눕는다

눈 오면 눈길을
비 오면 빗길을
못내 가는 그가 늘 그립다

아프게 살았으면

아프게 살았으면
갈피 잃은 기억들 가려내어
주저 없이 던지고 가야지

아프게 살았으면
넋 잃은 시선들이 버리고 간
울음쯤은 안고 가야지

버리지도 안아 삭이지도 못해
잊을수록 세차게 들고 일어서는 애증이라면
바둥거리는 몰골에 침이라도 뱉지

달빛 그늘에 얼굴 내민 별들
이제 그만 잊어라
아프게 살았으면
이제 그만 웃어라 한다

저녁나절

저무는 동짓날 저녁에
촉촉이 젖은 길 걷다보면
빗물 가득 머금고 민모습을 한 솔 숲이 유난히도 요란을 떤다

그도 그럴 것이
피곤이 지쳐 있을 줄을 아무도 모르는데 숨을 몰아쉬는 애절함이
가만히 있질 못하고 설왕설래 하니
침묵하지 않는 게 없는가 보다

저녁나절 한참을 지나면서
마치 논밭 작은 고랑같이 패인 주름살마다 옛 기억 들추면 고뇌의
흔적이 검게 느적느적 흐르니
진지한 시간이 무거운 짐을 지고 끙끙거린다

흠뻑 젖어 거추장스러울 텐데
납작 엎드린 비굴한 연약함으로
어수룩한 밤을 맞는 하루도
겨울처럼 냉정한 세월에 부르르 떠는 건 모두가 마찬가지다

한참을 달려 와

살아 온 날들을 세어도 보고
살아 갈 날들을 세어도 보면
축 쳐진 마음 달래기가 여간 힘든 게 아니다

아니나 다를까
옛날이면 비를 맞고서 갈 텐데

아무도 길에는 없어
쓸쓸함이 흐르고
소리 내며 매 맞는 길이 자꾸만 아프다

아무리 생각해 봐도 한 번 간 사람은 안 오는데
뒤돌아보는 신세가 참 얄궂다

봄 I

어제는 봄비가 마중 나서더니
봄바람도 얼굴 어루만지며 애증의 샘물 긷고 있네

입었던 잠바 벗고 가슴을 여니
따뜻한 기운 살며시 옷소매 안으로 스며들어
웅크린 의식 깨운다고 마구 간질인다

뜨겁게 사랑하라는 봄의 전령에
진정 사랑하지 않고는 버틸 수가 없네

그래서 오늘은
들에 나는 나물의 생기가 식탁 위에 앉았다

봄 II

봄이 간다
봄이 왔다 간다

개나리 벚꽃 진달래……
죄다 화들짝 피던 게
엊그제였는데

간다고는 했던가

봄은
입맛 다신 쑥국 같다

두릅나물

움츠림 펴고
긴 기다림 끝에
한껏 부푼 가슴으로 영글게 한
작은 털 봉우리 하나

눈 딱 감고
싹둑 채가는
생기 뺏는 소리에
두릅나무 가시 돋네

듬뿍 주고도
야무지게 뻗쳐낸 가녀린 덤불로
아무도 덤비지 못하는
철옹성 같은 성찰의 성

여린 마음으로
언덕을 기대고 서서
마침내 먼저 간 봄 꽃들 쫓는
두릅나무 뿔 돋네

꽃길 따라 가면 된다

따스한 햇살 내려앉은 날이면
마음 가는 곳마다 그대가 있고
가는 걸음마다 뿌려주는 꽃잎 있네

꽃 피고 푸른 하늘 열리는
이런 날이면
날마다 행복한 봄바람 연녹색 생명에 힘이 붙었다

햇볕 따사로운 날
잔잔한 바람 떼 지어 불면
뚝 떨어져 내려앉는 꽃잎 하나에도 가슴이 철렁할 텐데
나는 꿈쩍도 않고 사랑에 빠졌네

꽃길 따라 가면 된다
빨간 입술 진달래꽃
노란 치마 개나리꽃
내가 사랑하는 그는 꽃처럼 단장하고 있다

환갑상

나이 육십 하나 환갑이 어딧노
백세 시대에 환갑이 머꼬
칠순도 좀 그렇다
팔순은 돼야 상을 받지

이제 육십은 청춘이며 막 시작한 제2의 인생이기에
환갑은 참 의미 없는 시대에 있다
이게 육십 나이의 걸맞은 초상이 되었다

삼식이 이식이 일식이가 서러운데
어디 가냐고 묻다가 밥 달라고 하다가 맞는다는 유머가 왠지 생뚱
맞지가 않다

'우리 늙어가는 것이 아니라 조금씩 익어가는 거라'는 노래가사에
위안이 되고
'낭만에 대하여'를 흥얼거리며 억지웃음 짓는다

나이 육십 하나 환갑 어딧노
백세 시대에 환갑이 머꼬
칠순도 좀 그렇다
팔순은 돼야 상을 받지

육십 하나 환갑은 구시대의 잔칫상이다
냉혹한 현실의 틈바구니 끼여
고작 육십 하나 허약한 청춘의 환갑상이 텅 비었다

카페 바흐

한적한 시골길 입소문을 따라가니
늦은 밤 인기척마저 없어
아무도 없을 듯한
들어서 보면 꽉 찬
그러나 향기 가득한 카페가 낯 익은 손님처럼 포옹을 하였다

일상을 팽개치다 일상으로 자리한 수많은 앨범들 틈으로
불청객을 마다않고 손길 끌어다 쉼을 내어준 중년부부의 따뜻한 내
어놓음이 커피향에 젖어들면
느림이며 여유며 베풂을 품은
엘피판은 벌써 눈을 감고 음악에 취해 있었다

세계의 명반이 자리하고
바흐만이 아닌 베토벤 쇼팽 모차르트 파바로티 도밍고 카레라스 핀
란드의 시벨리우스까지 알 만한 거장들은 다 모여 있는 카페바흐!

때론 잔잔함이 가랑비처럼 흐르다가 갑자기 쏟아지는 폭풍우를 만
나면 격정에 못이길 때가 있다
어쩜 지치도록 살아 온 탓인지
느지막한 나이의 여백이 가져다 준 행복에 겨워

의자 깊숙이 쉬고 있던 여유가 졸면서 흥얼거리면
놀란 가슴 바쁘게 추슬러 부끄럽기 그지없었다

이처럼 느리게 찾아 온 사랑이 벅찬 가슴에 숨어들어
때 아닌 열정에 참아내는 아픔을 부둥켜안고
사랑하는 것에 넋을 놓고 한없이 울었다

어머니

가슴을 열면
당신이 보인다
많은 군중들 무리 속에 묻혀 있다

가슴을 열면
당신이 있다
푸른 바다가 보이고 배를 타고 파도를 탄다

가슴을 열면
당신이 내 안에 있다
수없이 많은 잔잔한 은빛 파랑과 빛나는 별처럼 머문다

나도 모른다
가슴을 열면
당신이 늘 세상 밖으로 자유를 찾아 떠난다

나는 당신이 그립다
미치도록 보고프다
당신이 나를 더 사랑했다

부처님 오신 날

부처님 오신 날 봉은사를 갔다
종일 가랑비 부처님 오신 날에 추적인다
아프지 않는 중생이 어디 있을까
인산인해다

만물과 다를 바 없는 인연들인데
그 얽어맨 까닭을 만든 탓에
대웅전을 먼발치에서 바라보다 지친 자 양심에 민낯으론 들어설 수
없어 돌아섰다

마냥 걷다가 커피점에 앉았다
덩그러니 자리한 커피 한 잔이 모락거리는 수증기처럼 존다
나도 절로 잠이 온다

우산 받쳐 든 사람들 틈바구니 헤집고 걸어온 길이
흠뻑 젖고
가랑비가 멎고서도 한참을 지나서야 깼더니
오롯이 식은 커피만이 기다리고 있었다

나도 한참을 더 있다가 길을 나섰다
그래도 칙칙한 원룸이 기다릴 것 같다
오늘은 칙칙한 원룸 냄새 난다는 투덜거림은 안 할 것 같다

청춘

청춘은 거의 사십 년을 걸었다
철없이 미래를 무작정 나선 길에 서서 내다보는 오늘이 참 가까웁다

열정 하나 소진하며 달려든 길에 허연 머릿발 힘 빠진 몸매와 체구
로 겨우 알 정도로 변해버린 주름진 얼굴로 서 있다
어디 글로써 말로써 세월을 다 얘기하리까

그 수없이 지친 몸 끌고 다닌 얄궂은 인생살이로 어언 사십 년을 건
너와 있으니 무슨 회안으로 웃음 짓는 맨 얼굴에다 수고하였노라
자찬하리까

제 이의 인생길이다 이제 다시 시작이다
우리 이제 와서 무딘 날 기꺼이 꺼내들고 함성 지르며 어리숙하게
세상 밖으로 또다시 젊은 날을 판박이질 하지 않는가

아! 청춘을 던진 사십 년의 굽잇길 허름한 옷에 낡은 신발인들 어떠랴
수 없는 흔적들과 인연들 나부끼는데 짊어진 청춘 내려놓고 이제 세
월을 이길 거냐 세파를 이길 거냐

그저 뒤를 돌아선 쓸쓸함 안고 앞을 향한 자맥질에 남은 여력으로
옆 친구 등 끌어주며 생뚱맞은 노인네보다 꼿꼿한 순응을 배우며 어
딘지 모를 길 멋스럽게 마냥 걸어 가세나
그대 참으로 수고하였네

살았기에 하늘을 본다

이대근 지음

발 행 처 · 도서출판 청어
발 행 인 · 이영철
영   업 · 이동호
홍   보 · 이용희
기   획 · 천성래
편   집 · 방세화
디 자 인 · 이해니 | 이수빈
제작부장 · 공병한
인   쇄 · 두리터

등   록 · 1999년 5월 3일
(제321-3210002510019990000063호)

1판 1쇄 인쇄 · 2018년 10월 1일
1판 1쇄 발행 · 2018년 10월 10일

주소 · 서울특별시 서초구 효령로55길 45-8
대표전화 · 02-586-0477
팩시밀리 · 02-586-0478

홈페이지 · www.chungeobook.com
E-mail · ppi20@hanmail.net
ISBN · 979-11-5860-584-1(03810)

이 도서의 국립중앙도서관 출판시도서목록(CIP)은 서지정보유통지원시스템 홈페이지
(http://seoji.nl.go.kr)와 국가자료공동목록시스템(http://www.nl.go.kr/kolisnet)
에서 이용하실 수 있습니다.(CIP제어번호: CIP2018029168)